La niña que tenía
el mar adentro

Ricardo Chávez Castañeda

Ilustraciones:
Claudia Navarro López

La niña que tenía el mar adentro

Ricardo Chávez Castañeda

Ilustraciones:
Claudia Navarro López

CASTILLO

Coordinación de la Colección Castillo de la Lectura:
    Patricia Laborde
Editora responsable: Sandra Pérez Morales
Corrección: Gabriela Garfias y Alejandro Martínez
Diagramación y formación: J. Aldo Terrazas G.
Portada: Marcela Estrada Cantú
Ilustraciones: Claudia Navarro López

Primera edición: 2003
Primera reimpresión: 2005

La niña que tenía el mar adentro

© 2003, Ricardo Chávez Castañeda

D.R. © 2003, Ediciones Castillo, S.A. de C.V.
    Av. Morelos 64, Col. Juárez,
    C.P. 06600, México, D.F.
    Tel.: (55) 5128-1350
    Fax: (55) 5535-0656

    Priv. Francisco L. Rocha 7, Col. San Jerónimo
    C.P. 64630, Monterrey, N.L., México
    Tel.: (81) 8389-0900
    Fax: (81) 8333-2804

Ediciones Castillo forma parte del Grupo Editorial Macmillan

info@edicionescastillo.com
www.edicionescastillo.com
Lada sin costo: 01 800 536-1777

Miembro de la Cámara Nacional
de la Industria Editorial Mexicana
Registro núm. 3304

ISBN: 970-20-0411-X

Impreso en México/*Printed in Mexico*

Todas estas historias luciérnaga,
son para ti, Fernanda.

I

La niña que sólo veía
la mitad de las cosas

Argentina parecía una niña igual a
todas, pero no lo era. Para ella las
bicicletas únicamente tenían una
rueda, los pájaros volaban con un ala
y todas las personas caminaban tan
sólo con una pierna.

Argentina solamente veía la mitad
de las cosas.

A la hora de comer, siempre dejaba
intocada la mitad de su comida,
porque era incapaz de notar la mitad
del arroz que se hallaba en la parte
izquierda del plato. Así que si

se quedaba con
hambre, su mamá
empujaba su plato un poquito
 a la derecha, y luego
  otro poquito,
   y un poquito más,
    hasta que Argentina veía
     aparecer, como por arte de
     magia, más arroz, y comía
     y comía…
…pero otra vez dejaba
intocada una nueva
mitad de arroz y luego
otra mitad y luego otra hasta
que se le acababa el hambre.
 Ella no veía la parte izquierda de
nada: ni de las nubes, ni de los
edificios, ni de los automóviles.
 Incluso cuando escribía su nombre

Argentina

 Ella sólo veía

tina

Así que les secreteaba a sus papás que ella se llamaba "Argentina" para las voces, pero "Tina" para la escritura.

A ella le gustaba mucho el medio mostacho de su papá, el medio árbol de su medio jardín, la mitad del globo que flotaba en la mitad del techo de la mitad de su recámara. Le encantaba el medio sol que veía desde su ventana por las mañanas, las medias estrellas que observaba cintilar por las noches; pero sobre todo, le maravillaba el corazón completo de su hermanito.

Argentina descubrió el corazón completo de su hermano el día en que ella cumplió ocho años.

Un día antes, en la víspera del cumpleaños, cuando ya todos dormían, el hermano menor abrió los ojos, salió de la cama, cruzó la puerta de su pieza, bajó las escaleras y llegó a la sala.

Lo primero que empujó fue el sillón. Lo empujó del extremo izquierdo de la sala con mucho, mucho esfuerzo

hasta que el sillón chocó
con la pared derecha de la casa.
Luego cargó la pecera,
cuidando de no
derramar ni una gota
de agua, y puso el
pez dorado sobre el sillón.
Lo mismo hizo con
las macetas, con los cuadros
y con la lámpara de pie.
Entonces caminó hasta el comedor,
y desde allí vio su obra:

el sillón
la pecera
las macetas
los cuadros
la lámpara
de pie

y le gustó.

Sonrió satisfecho, se sacudió las manos en los pantalones y luego fue hacia la cocina.

De allí en adelante fue exactamente lo mismo: sitio de la casa adonde llegaba, sitio de la casa donde todo terminaba…

...orillado hacia
la derecha:
lo mismo las
cazuelas y
las ollas que la
estufa y
el refrigerador.
En el estudio sacó todos los libros
de los estantes...

...y los apiló
en una torre
que llegaba
al techo
y que
por un
instante
se bamboleó
un poco
y otro poco
como si
se fuera
a caer...

pero al
final
no se
cayó.

Dos horas después de la medianoche, él acabó de armar su regalo. Se frotó los ojos por causa del cansancio. Lo vio y se sintió feliz.

Estaba feliz, porque gracias al regalo sorpresa que le había preparado a su hermana, ella conocería al fin la mitad del mundo que no había visto antes.

Pero entonces sucedió la catástrofe.

Con tanto peso en uno de sus costados, el mundo entero comenzó a ladearse hacia la derecha, como si fuera un barco a punto de hundirse.

El automóvil de su papá se deslizó hasta chocar con la cerca. Se patinaron todas las casas del vecindario,

resbalaron los postes de la luz
y los puentes de todas las calles.
Fue tan grande el sobrepeso
que la luna se cayó como desde
una resbaladilla a lo largo
de la noche oscura hasta
chocar con la Tierra y le siguieron
todas las estrellas.

14

De un momento
a otro, todo el mundo
quedó amontonado del
lado derecho. Había
bicicletas y ballenas,
árboles y como un millón
de zapatos. Las montañas
se enredaron con la ropa seca
de los tendederos y las chimeneas
con las cucarachas.

Al zoológico se le abrieron todas las
jaulas, y de un momento a otro
terminaron patas arriba...

changos, las jirafas y las hienas.
elefantes, las avestruces, los

todos, todos, todos los

El agua de los lagos y los ríos

se inclinó tanto, tanto, tanto,

que se chorreó por
toda la llanura y todos
los sembradíos inundando
las casas,
los nidos
de los pájaros,
y hasta
llegó a
humedecer
los calzones
grises de las
nubes.

Fue un desastre.

Un desastre.

Así que el hermano menor
tuvo que volver a la sala
y empujar de nuevo
el sillón hasta devolverlo
a su sitio original pegado
junto a la pared izquierda.

Lo mismo hizo con
la pecera y con los
cuadros y con la
lámpara de pie.

Y poco a poco, el zoológico
y las casas y el agua de
los mares y las estrellas
y la luna fueron retornando
solos a sus lugares de siempre
y el mundo se volvió a equilibrar.
Todo estaba bien excepto el
hermano menor. Él sintió ganas de
llorar, porque el regalo que tanto
trabajo le costó armar para su
hermana, en un instante

había desaparecido y ahora no tenía qué ofrecerle. Quiso llorar, pero estaba tan cansado que, cuando cerró los ojos para expulsar la primera lágrima, simplemente se quedó dormido.

Cuando despertó, bien avanzada la tarde, su hermana se estaba peinando la mitad derecha de su larga cabellera negra; ya tenía puesto su calcetín derecho, su zapatilla de charol en el pie derecho, todas las pulseras de su mano derecha. Ya se había lavado la mitad de la boca, ya se había puesto media blusa y la mitad del pantalón de pana. En pocas palabras, estaba medio lista para la celebración y por eso su mamá la ayudó a ponerse lista por completo.

El pastel tenía dieciséis velas para que ella viera las ocho del lado derecho.

La mesa estaba llena de medios regalos que le habían traído sus tías, sus primos, sus amigas, su papá, su mamá y…

¿...dónde estaba el regalo de su hermano?

La niña dejó de ver las medias sonrisas de todos sus familiares para volverse a buscar a su hermano. Lo encontró junto a la pecera, con medio rostro bañado en lágrimas: las lágrimas que resbalaban desde su ojo izquierdo. Se acercó lentamente y, besándole una mejilla, desplegó la hoja en la que él había dejado escrito el mejor regalo que le dieron ese día:

Argentina

—También para la escritura me llamo "Argentina" —le murmuró emocionada al oído.

Y luego le besó la otra mejilla, aunque no la veía.

—A pesar de que sólo veo la mitad de lo que tú puedes mirar —le dijo sonriendo—, ahora sé que hay personas con un corazón completo.

II

El niño que no conocía el dolor

Ésta era una pandilla de niños que siempre jugaba a lo mismo: a ver quién era el último en gritar *¡AY!*

A veces, se anudaban una liga en un dedo de su mano, y el dedo se iba poniendo rojo, y luego hinchado y violeta como si existieran las salchichas de uva, y cuando se ponía azul, ya sólo competía el niño que no conocía el dolor.

Ni sus amigos ni él sabían de ese secreto suyo de no conocer el dolor. Ellos sólo gritaban:

—¡Ay!

—¡Ay!

—¡Ay!

Y se quitaban las ligas de sus dedos, mientras el amigo ganador no abría la boca.

— …

Ni se quejaba.

— …

Ni nada.

— …

Y entonces, había que arrancarle rápido la liga, porque el azul oscuro de su dedo parecía una nube a punto de reventar.

Él siempre ganaba. Lo mismo cuando competían jalándose las patillas que cuando se prensaban la nariz o la lengua con las pinzas de la ropa.

Sus amigos lo admiraban y sentían un poco de esa envidia suavecita que nace cuando alguien dice: "ojalá yo fuera él".

Eso hasta que un día llegó con la mano quemada.

Sus amigos lo llevaron rápido a la enfermería de la escuela, porque su amigo no se había dado cuenta de la quemadura, y allí comenzaron a mirarse entre ellos como si acabaran de descubrir algo.

—¿Recuerdan la vez que lo pellizcó una de las niñas grandes hasta sacarle sangre, y él no se quejó? —preguntó el primero, cuando la enfermera se llevó a su amigo a la otra pieza para vendarlo.

—¿Y recuerdan aquella tarde en que cayeron granizos tan grandes como pelotas de golf y de todos modos él salió a la calle y luego su cabeza parecía una de esas cordilleras que nos enseñó la maestra, chichones igual que montañas, y él con su sonrisa de siempre? —agregó el segundo de ellos.

Cuando su amigo salió por fin del cuarto del fondo de la enfermería con la mano vendada, ellos lo llevaron al patio, y el tercero de la pandilla le preguntó

que si alguna vez le había
dolido algo.

—¿Un diente?

—¿La espalda?

—¿Un pie porque los zapatos te
apretaban?

Todas las veces él negó con la
cabeza.

—¿Nunca has tenido un solo dolor?

Él miró uno por uno a sus amigos y luego dijo que no.

Entonces supieron que su amigo era un niño que no conocía el dolor.

El tercero de la pandilla fue quien más se preocupó, porque su mamá le había explicado alguna vez que el dolor es como la alarma que comienza a sonar en un banco cuando entran los ladrones.

—Así —repitió el tercero lo que su mamá le dijo—, cuando entra la enfermedad en nuestro cuerpo, lo que empieza a sonar igual que la alarma es el dolor. El dolor suena para que no nos roben la vida.

—A mí me pasó con el estómago —apoyó el segundo—, me dolió y me llevaron al médico y resultó que tenía una infección.

—Y a mí con el oído —agregó el primero—, me sumergí mucho en la alberca y se me reventó el tímpano.

—Pues a mí nunca me ha dolido algo —interrumpió el niño que no conocía el dolor—, así que mis alarmas siempre tienen la boca cerrada.

Y comenzó a caminar hacia el salón y los otros lo siguieron. Fue cuando les dijo que él se sentía como cuando tienes puestos muchos suéteres.

—Con tantos suéteres encima no se sienten las caricias, ni las palmadas, ni el viento. A veces no siento nada. Como si mi cuerpo se volviera ciego y sordo. Y luego, además, se queda dormido y yo tengo que cargarlo hasta la casa.

La maestra no estaba en el salón, así que el niño que no conocía el dolor se acercó al ventilador como en otras ocasiones y, como en otras ocasiones, se quitó la camisa de la escuela, también la playera, y con el torso desnudo, los brazos arriba y su cabello revoloteando, comenzó a gritar.

—¡Tengo brazos! ¡Siento mis brazos!

Desde entonces, sus amigos se turnaron para acompañarlo a su casa. Lo cuidaban al atravesar las calles y al subir las escalinatas de la plaza. No querían que se fuera a hacer daño. Por eso dejaron de jugar bien al futbol. Para protegerlo. Él era un

portero muy valiente y se arrojaba a
todas las bolas. Al caer con el balón
entre las manos, sus amigos corrían a
verlo y lo revisaban, sin cesar de
hacerle preguntas.

—¿Estás bien?

—¿Te pasó algo?

—A ver, mueve la pierna.

Cuando llegó la epidemia de gripe a la ciudad, le aconsejaron que fingiera un ardor en la garganta para que lo llevaran a una revisión médica. No se fuera a enfermar. Y lo mismo pasó con los dientes a la hora de la revisión anual.

—Di que sientes como si unas hormigas muy chiquitas hubieran hecho su hormiguero en tu muela.

Durante muchos días intentaron ayudarlo convirtiéndose en sus maestros del dolor. Con un cerillo quemaron pellejos de pollo que una de sus mamás tiró a la basura.

—¿Hueles?

Y le enseñaron a reconocer el olor de chamusquina por si un día volvía a quemarse.

—Aunque no sientas algo, el olor a quemado va a ser la alarma que te avise del peligro —le dijeron.

También le enseñaron que si alguna vez no podía mover bien una de sus piernas o de sus brazos era que a lo mejor se había lastimado.

—Y es igual si un día no puedes coger el lápiz para escribir, seguro que te hiciste daño.

—Entonces ya sólo faltaría saber si fue una torcedura…

—O si te hiciste una cortada…

—O si fue un machucón con una de las puertas.

Sus amigos lo cuidaron semanas y semanas y semanas, pero un día ya no pudieron más. Estaban cansadísimos de vigilar el suelo por donde caminaba el niño, y las ramas bajas de los árboles y los lápices demasiado afilados y las láminas de las resbaladillas, porque a veces se curvaban. Vigilarlo todo para que a él no le pasara algo malo.

—Ya no puedo más.

—Ni yo.

—Tenemos que pedir ayuda —resolvieron los tres niños un domingo.

Así que caminaron hasta la casa del niño que no conocía el dolor, y atravesaron la verja que nunca habían cruzado y dieron unos toquidos en la puerta que nunca habían tocado para ver a la mamá que nunca habían visto.

Cuando ella abrió, se quedaron pasmados.

Esa casa no se parecía en nada a las suyas. Las paredes aquí eran como colchones de hule espuma y cuando daban un paso, sus pies se hundían en el suelo, porque el piso era suave como si estuviera relleno de aire. Los muebles no tenían esquinas ni salientes. La mesa, las sillas, las lámparas, los libreros, nada mostraba alguna punta, pues sus contornos estaban redondeados igual que burbujas. Y vieron en la mesa, donde ya estaba lista la comida, que los cubiertos y los vasos y los platos eran de plástico.

—Yo tampoco conozco el dolor —dijo la mamá mirándolos a uno por uno—. Por eso vinieron, ¿no es cierto?

Los tres asintieron con la cabeza.

—Así nacimos. Y nunca vamos a sentir dolor… por eso tenemos que cuidarnos, ¿lo entienden?

Y entonces los tres vieron que ella usaba guantes y que vestía un traje semejante al de los buzos.

—Me protegen. Es para no hacerme daño. Un día me rompí la pierna y durante muchos minutos la arrastré por la calle porque no me di cuenta… yo se lo he dicho muchas veces a mi hijo. Que se cuide. Que use la ropa especial. ¿Pero saben…?

Y se puso en cuclillas para quedar cerca de ellos.

—Yo entiendo bien a mi hijo. Estos guantes y este traje me protegen, pero también me separan del mundo. Y yo creo que el mundo no está hecho para hacernos daño, así que en ocasiones, aunque no esté bien, lo acepto, sólo en ocasiones…

Pero no pudo terminar, porque en ese preciso momento se abrió la puerta y entraron el niño que no conocía el dolor y su papá.

Sin embargo, los amigos entendieron y, aunque la mayor parte del tiempo le decían al niño que no conocía el dolor que no se quitara la ropa protectora, a veces lo llevaban al parque y ellos eran quienes lo ayudaban a descorrer los cierres de su traje y a quitarse los

zapatos y los guantes, y ellos también se despojaban de su ropa y casi desnudos comenzaban a correr sobre el pasto, porque la mamá de su amigo tenía razón; pues ni el viento, ni los rayos del sol, ni las briznas de la hierba, ni el perfume de las flores, ni la humedad de la tierra fresca estaban hechas para hacerles daño.

III

La niña que no sabía olvidar

Nuestra amiga era el orgullo del colegio y la mejor en los concursos de deletreo porque sabía descomponer en sus letras cualquier palabra, como ningún otro alumno en veinte colegios a la redonda. Y no eran palabras fáciles como "perro" donde hasta nosotras coreábamos:

— ¡Pe-e-erre-erre-o!

No, ella deletreaba palabras como:

— E-qu-i-ene-o-de-e-ere-eme-o: ¡equinodermo!

Las deletreaba con una rapidez asombrosa y sin equivocarse nunca:

—Pe-e-ere-i-ese-ce-o-pe-i-o: ¡periscopio!

Y claro, como tenía una ortografía maravillosa, también era la campeona de ortografía de todo el estado. Le dictaron palabras tan complejas como "escabullir", "ahuehuete", "lingüística", "invaluable". Y ella las escribía sin vacilar en el pizarrón del auditorio.

—¿Pero cómo recuerdas las reglas gramaticales? —le pegunté después del concurso—. ¿Cómo recuerdas que "invaluable" se escribe con "n" antes de "v"? ¿Cómo recuerdas que existe esa regla que une el sonido de la "ene" con el sonido de "ve"?

Y ella, mi amiga, con el trofeo en las manos, pero con una sonrisa ni tan curva ni tan fresca, me confesaba que no se sabía las reglas.

—Lo que me sé son las palabras... porque las he visto todas.

Yo creí que era una manera de decirlo y no sospeché.

A nadie le sorprendió cuando un mes después se convirtió también en la reina del certamen de declamación.

Al principio, ella recitaba el poema que había elegido "sin entonaciones y sin usar su cuerpo para subrayar el sentido de los versos", como nos decía el maestro.

–*La montaña embrujada por un ruiseñor* —murmuraba ella.

Y las palabras sonaban igual que el ventilador: sólo ruido y un poco de aire, circularmente aburridas.

Sigue la miel del oso envenenado
pobre oso de piel de oso envenenado
por la noche boreal
huye que huye de la muerte
de la muerte sentada al borde del mar.

Pero el día del concurso fue increíble. Era como si ella estuviera cantando y la música formara

gestos en su cara, como el viento
forma olas en la superficie
del océano.

La montaña y el montaño
con su luno y con su luna
la flor florecida y el flor floreciendo
una flor que se llama girasol
y un sol que se llama giraflor.

Cuando terminó, todos en el auditorio estábamos húmedos y frescos como si un ventilador nos hubiera traído la brisa marina a nuestros rostros.

Aplaudimos hasta que nos dolieron las manos.

Quizá sólo el maestro de oratoria notó que los gestos y los movimientos de nuestra amiga al recitar fueron exactamente los mismos que él usó como ejemplo en la clase para mostrarnos que una palabra dicha sin sentimiento es como un pájaro sin alas: "palabras que sólo están en el aire lo que tardan en llegar al suelo: palabras caídas; hechas para caer".

Nuestra amiga ocultó su secreto el tiempo que pudo, pero de alguna manera se fue sabiendo. En parte, porque alguien la habría descubierto. En parte porque, sin quererlo, ella misma se traicionó.

Una de esas veces, la maestra se había desesperado con nuestro grupo y comenzó a regañarnos.

—¡Qué les dije! ¡Qué les dije ayer mismo! ¡A ver, díganme!

Nuestra amiga se levantó con timidez.

—¿A qué hora, maestra?

La maestra la miró todavía sin entender.

—¿A qué hora, qué? —preguntó con un chillido.

—¿A qué hora dijo lo que quiere que le repitamos?

—No te burles de mí…
—murmuró la maestra moviendo el dedo muy alterada.

—A las ocho de la mañana —comenzó nuestra amiga interrumpiéndola— usted nos dijo: "Buenos días. ¿Cómo están hoy? ¿Verdad que hoy es un día bellísimo? Esta mañana he pensado que hay días especiales para hacer cosas especiales, pero lo difícil es reconocer cuándo es un día especial. A lo mejor podemos mirar hacia el sol y preguntarle. O quizá tiene que ver con las nubes y el trinar de los pájaros, o con el verde de los prados y el olor de las flores. No fue sino hasta llegar aquí que he descubierto cómo reconocer un día especial. Basta con que cada uno de ustedes se mire en el espejo y se pregunte cada mañana: ¿quieres que éste sea un día especial? Y bueno, si ustedes responden SÍ, entonces está empezando uno de esos días especiales en que ocurren sólo cosas especiales para ustedes".

Salvo por la voz de nuestra amiga, el silencio se había metido en el aula y estaba sentado con cada uno de nosotros, y por eso no se escuchaba ni un solo crujido de pupitres ni una sola respiración. La maestra se había

puesto pálida y estaba apoyada en el escritorio como un árbol que se sostiene en otro para no caer.

—Gracias —interrumpió la maestra a nuestra amiga, y luego se excusó porque, dijo, necesitaba salir un momento.

Así nuestra amiga dejó de repetir exactamente, palabra por palabra, pausa por pausa, lo que la maestra había dicho un día antes.

—Es que lo memorizo todo —nos dijo sólo a nosotras, o sea a Estefanía, a Edda, a Fernanda y a mí, cuando salimos esa tarde del salón.

Y nos confesó que lo hacía sin querer, sin desearlo, sin que le costara algún esfuerzo.

—Nunca recuerdo algo mal
y no puedo dejar de recordar. Todo
se graba en mi memoria como
cuando alguien coge una fotografía
y deja por accidente la huella de sus
dedos en el papel. Yo soy el papel y
las huellas son todo lo que ocurre
enfrente de mí.

La verdad fue que no entendimos
muy bien hasta que sucedió lo del
diccionario. Ella lo llevó un día al
colegio y nos lo enseñó porque
éramos sus mejores amigas.
—Me lo dio mi papá —susurró.
Era un diccionario como de
doscientas páginas que su padre,
antes de morir, le había ido leyendo
noche tras noche. Su padre creía que
cada palabra que aprendes es como
una ventana que se abre al mundo,
siempre a un paisaje distinto; y él
quería que su hija se convirtiera
en la mejor viajera y armara así el
rompecabezas de todos los paisajes
del mundo.

Y sí, por causa de su gran memoria y gracias a la lectura de su padre, nuestra amiga se había aprendido todas y cada una de las palabras del diccionario.

Lo que ni ella ni su padre se imaginaron es que el diccionario empezara a crecer.

No el diccionario de papel sino el diccionario de su cabeza. Durante el año posterior a la muerte de su papá, cada vez que en la escuela o en la tienda o en el parque; cada vez que desde el televisor o la radio o el cine o el periódico o un libro, alguien pronunciaba una palabra que ella no conocía, ésta iba a parar de inmediato al diccionario de su cabeza. Y en verdad que al final de ese año, conocía todas las palabras del idioma. Todas las tenía en su diccionario.

Bueno… casi todas…

Eso era lo peor.

Cuando nuestra amiga escuchaba una palabra nueva tenía que

intercalarla, ordenarla alfabéticamente como en los diccionarios reales de papel. Y esto no resultaba nada fácil. Tenía que mover hacia la izquierda y hacia la derecha todas las palabras que se sabía, para abrirle un hueco a la nueva. Como cuando tienes una hilera de carritos, y debes rodar la mitad hacia adelante y la mitad hacia atrás para que quepa uno que antes no estaba en la hilera. A veces demoraba más de una hora en hacerlo.

Ella tuvo que explicármelo muchas veces para que yo entendiera.

En el diccionario de mi amiga, por ejemplo, después de la palabra "pan" estaba la palabra "panza".

Pan-panza

Luego, una vecina le dijo a su mamá que si le regalaba un poco de "panela".

Pan-PANELA-panza

Luego, el maestro de geografía desenrolló un mapa y señaló "Panamá" y después habló también del río "Pánuco".

Pan-PANAMÁ-panela-PÁNUCO-panza

Después, en un libro de aventuras leyó "panga" y "pantagruélico", y ella movió las palabras para abrirse dos huecos más en su cabeza.

Pan-Panamá-panela-PANGA-PANTAGRUÉLICO-Pánuco-panza

El caso es que en una semana ella tuvo que mover muchas veces todas las palabras de su diccionario.

Pan-panza
Pan-panela-panza
Pan-Panamá-panela-Pánuco-panza
Pan-Panamá-panela-panga-

**pantagruélico-Pánuco-panza
Pan-Panamá-páncreas-panela-
panga-pantagruélico-Pánuco-panza
Pan-Panamá-páncreas-panela-
panga-panóptico-pantagruélico-
Pánuco-panza**

¡UUUUFFFFF!

Y así le pasaba a ella muchas veces al día y muchos días a la semana y muchas semanas al mes con el diccionario de su cabeza que crecía y crecía como una gran ballena.

Los niños malos del colegio lo supieron y comenzaron a gritarle palabras como si estuvieran lanzándole dardos.

— ¡Crustáceo!
— ¡Infamia!
— ¡Sonámbulo!
— ¡Espinilla!

Lo bueno es que eran muy tontos y casi todas las palabras que gritaban, nuestra amiga ya las conocía.

Sin embargo, a ella su memoria parecía desequilibrarla. Eso parecía. Como si se fuera llenando de recuerdos igual que se colman los desvanes con un millón de tiliches y un día no fuera a restarle ningún espacio para ella misma.

Un día me lo confirmó. Me confesó con voz temblorosa que la mayoría de su memoria era un basurero. Que a veces intentaba repetir las mismas cosas que había hecho ayer o antier, como cuando subrayas las líneas de un dibujo ya trazado, para no guardar más cosas en su memoria, pero bastaba con que se saliera un poco del margen e hiciera algo un poco distinto; por ejemplo, cepillarse los dientes quince y no catorce veces, para encontrarse con que ya tenía otro recuerdo en su cabeza. Dijo que se sentía como un sol triste, flotando sola en medio del universo. Así:

Ella

pero rodeada de cientos de miles de
cosas que no había elegido.
Así:

Un biberón que
se cayó al suelo

Cuando vomitó sobre
sus pantalones

Una tina sin tapón

Un foco
fundido

Una mariposa negra

Otro foco fundido

Una tapa roja

Una chamarra
con capucha
verde

Ella

Los ojos de un gato

Una mosca aplastada
en la ventana

Una nube en
forma de estufa

La vez que lloró
porque se quedó
afuera de la escuela

Una grieta

Un vaso metálico de color azul

La pata despostillada de una silla

Esas cosas habían llegado como moscas y allí estaban siempre girando a su alrededor, aunque cerrara los ojos o intentara espantarlas; lo bueno es que casi siempre permanecían en silencio, pero a veces comenzaban a bisbisar como si quisieran llamar su atención, y ella se cubría las orejas y les gritaba que se callaran, que se callaran. Porque su papá se había equivocado y no todas las palabras eran ventanas que le mostraban un nuevo paisaje del mundo.

Fue cuando supe que debíamos ayudarla. Así que hablé con mis amigas. Esa tarde llegamos a su casa fingiendo unas ganas de jugar que no teníamos y una hora después estábamos de vuelta en la calle, pero yo llevaba el diccionario de su papá bajo la blusa.

Lo hicimos en el departamento de Estefanía. Resultó bien que no se encontraran en casa sus padres porque no hubieran entendido. Creo que nadie lo hubiera entendido.

Lo que hicimos fue arrancar las
hojas del diccionario con mucho
cuidado.

—Se lo dio su papá —murmuró
Edda apesadumbrada.

—Por eso, no lo estamos rompiendo
—le respondió Fernanda—. Sólo lo
deshojamos. Igual que cuando coges
una rosa que está por marchitarse

y le quitas los pétalos para guardarlos en un frasco.

Y yo acabé por devolverle la tranquilidad a Edda diciéndole que pondríamos todas las hojas juntas con una liga y las guardaríamos en un sobre.

Cuando nos quedamos únicamente con las pastas del diccionario, cogimos el pegamento y el otro paquete de hojas que compramos, y comenzamos a trabajar.

Al día siguiente, llamamos por teléfono a nuestra amiga y la citamos en el parque.

Ella nos miró con gesto de extrañeza cuando, media hora después, le dimos el regalo, envuelto en un papel rojo que había sobrado de la Navidad.

—Pero ábrelo —dijimos todas a la vez, luego que desenvolvió el paquete y se encontró con el diccionario de su padre.

—Ya lo conozco —murmuró ella un poco decepcionada—. ¿Lo cogieron de mi cuarto?

Nosotras fingimos no escuchar.

—Anda, anda —insistimos.

Y entonces, con disgusto, ella lo abrió por la primera página…

…y la vio blanca.

Y luego la segunda…

Y la tercera…

¡¡Todas blancas!!

Pero ella siguió dándole vuelta a las hojas, mirándolas sin saltarse una sola página porque las estaba memorizando. Memorizando la blancura del nuevo diccionario.

De pronto, comenzó a sonreír.

Nos dijo que era como si estuviera nevando adentro de su cabeza: más y más copos, blanquísimos como la nieve, y que todo el diccionario de su cabeza se iba volviendo blanco, todas las palabras que eran pájaros sin alas — "palabras caídas; hechas para caer" — estaban desapareciendo.

Al final, en la última página, encontró las únicas frases que estaban escritas.

Te regalamos un diccionario

sin palabras para que vuelvas

a empezar y ahora tú escribas

sólo lo que sea importante

para ti.

Y entonces, las primeras palabras que ella escribió en el diccionario de papel y en el de su cabeza, las primeras palabras como ventanas a un nuevo mundo, a un mundo suyo —nos lo confesó nuestra amiga con una sonrisa— fueron nuestros nombres.

Estefanía

Edda

Fernanda

Luciana

Luciana, o sea yo.

IV

La tiabuela que tenía
las manos niñas

En los cumpleaños habría que celebrar
bien a los festejados. Abrazar a todas
las partes de su cuerpo, porque
siempre cumplen años al mismo
tiempo las manos y las piernas, la
cabeza y los pies. Deberíamos
regalarle un pastel a cada dedo y a
cada rodilla, a cada ceja y a cada
tobillo, y todos los pasteles tendrían
que estar coronados por el mismo
número de velas; sesenta y siete, por
ejemplo, sesenta y siete velas para la
nariz, sesenta y siete velas para la
espalda, sesenta y siete para…

Bueno, no siempre…

Aquello comenzó en una fiesta. La festejada era una mujer de sesenta años, mi tiabuela quien llevaba sesenta años paralítica y sesenta años ciega.

O sea que cuando ella nació, también nació su ceguera y nació también su parálisis que inmovilizó sus piernas y su tronco y sus brazos.

Mi tiabuela sabía infinidad de cosas del mundo porque durante su vida no

habían parado de leerle libros. Tendría que decirse que sus familiares no habíamos parado de leerle, ni de hacerle todo de todo con el fin de ayudarla —darle de comer, peinarla, vestirla, pintarle los labios— y entonces sus manos habían permanecido quietas sobre su regazo, casi petrificadas como dos pescados muertos.

Ese día en que sus manos también cumplían sesenta años sucedió algo sorprendente.

Cuando estábamos a punto de empezar a comer se escuchó un estallido en la calle, un estruendo tan grande como el que produciría el hipo de una ballena; así que todos nos levantamos de golpe y echamos a correr hacia la puerta, excepto, por supuesto, tiabuela.

Ella se quedó sola, sentada en su silla de ruedas e imagino que fue llamándonos a cada uno.

—¿Marina estás ahí?

—¿Alfonso?

—¿Arturo?

—¿Genoveva?

—¿Adriana?

—¿Camila?

—¿Hay alguien aquí?

Pero no había alguien, era su cumpleaños y tenía tanta hambre...

Entonces, sin que ella pudiera observarlo, las manos manchadas y nudosas que siempre habían permanecido inútiles al final de sus brazos, como si no estuvieran allí, como si hubieran vivido eternamente en silencio, esas manos suyas que ella solía llamar "mis sapos muertos", "mis campanas sin badajo", esas manos que nunca se habían movido, comenzaron a arrastrarse sobre la mesa.

Ocurrió así porque la tiabuela tenía hambre y el pan dulce que estaba en el centro de la mesa despedía un delicioso olor que se le había colado por la nariz.

Cuando Marina, Alfonso, Arturo, Genoveva, Adriana y yo volvimos a casa, vimos a tiabuela mordiendo una rosquilla y, en medio de la sorpresa, supimos que sus manos acababan de nacer.

Ahora ella está cumpliendo sesenta y siete años y sus manos sólo siete. Sus manos van de aquí para allá como mariposas y se detienen en cada cosa que les sale al paso. Son como unas manos bebés que juegan a las adivinanzas. Resbalan los dedos por un objeto alargado que después se ensancha, y tocan cada una de las puntas hasta que la anciana grita:

—¡Un tenedor!

Luego coge un objeto rectangular de tapa fría; y en la tapa, sus dedos descubren unos orificios minúsculos.

—¡Un salero!

Pero ya no son unas manos bebés. Al principio sí lo tiraban todo. Eran como un par de cachorros que se metían entre los entrepaños de la alacena e iban volcando la harina, empujando al suelo los tarros de mermelada, metiendo los dedos en la miel. Luego manchaban las paredes y las cortinas, hasta que tiabuela les decía: "ya está bien". Las lavaba con agua tibia, las metía en unos guantes cálidos y las llenaba de besos.

Poco a poco, sus manos se volvieron unas manos niñas: inteligentes, graciosas, apasionadas, y tiabuela empezó a entenderlas mejor.

Nunca se cansaban. Cuando no estaban jalándole el rabo al gato, les encantaba asomarse por la ventana para empaparse con la lluvia. A veces se entretenían mucho echándose clavados en la caja de los botones. Pero lo que más les gustaba era conocer gente.

Tiabuela ponía las manos en el rostro de las personas y comenzaba a explorarlos como si sus dedos se convirtieran en lenguas, como si fueran saboreando las curvas de las orejas, la dureza de los pómulos, la rispidez de una barba mal rasurada.

—Ahora ya te conozco —les decía a las personas cuando las manos volvían a su regazo.

Porque sus manos se habían convertido en los ojos que ella no tenía y acababan de contarle la historia de la cara en turno.

Así fue inevitable que sus manos descubrieran un deseo nuevo: atesorar.

En un inicio, tiabuela lo intentó con papel y engrudo, luego con plastilina, pero no fue sino hasta

que le llevé el barro cuando sus
manos se sintieron listas.

Entonces, ella me pidió que me
sentara y comenzó a copiarme.
Tocaba mi cara y luego le daba forma
al barro, hasta que poco a poco
mis rasgos comenzaron a aparecer

en el barro y formaron otra Camila,
como si se tratara de un espejo.

Luego tiabuela llamó a Marina y
a Genoveva y a Adriana y a Arturo
y a Alfonso.

De un mes a otro, la casa entera se
convirtió en algo parecido a un álbum
fotográfico, porque ella reprodujo no
sólo a nuestra familia sino también a
sus amigos. Decenas de bustos
ocupaban las mesas, el remate de la
chimenea, las vitrinas, los
entrepaños…

—¿Y tú, abuela? —le pregunté
entonces.

Y sí, en esa casa que también parecía
un museo, faltaba el rostro de ella.

Un domingo, usó el barro como si
fuera la superficie inmóvil de un lago,
se asomó y dejó ahí su imagen.

Después se pasó todo ese día con las
manos inmóviles sobre su regazo,

como en los viejos y malos tiempos, porque acababa de descubrir que sus manos tenían una edad, pero su cara tenía otra edad muy distinta.

La pena le duró unas horas, pero al final tiabuela volvió a sonreír.

Desde entonces, en cada uno de sus cumpleaños celebra dos veces. Por la mañana, su cumpleaños de vejez, con un pastel y más de sesenta velas. Y por la tarde, su cumpleaños de niña, con ocho velas y una rosquilla, como ahora.

La verdad es que nunca se come la rosquilla. Además de que su estómago de sesenta y ochos años permanece aún lleno por el pastel de la mañana y su boca de sesenta y ocho años está cansada de masticar tanto pollo, de la mañana también, y sus orejas de sesenta y ocho años se hallan cansadas de tanto escuchar: "come, abuela, te hace bien"; la verdad es que no muerde la rosquilla porque lo único que hacen sus manos niñas de ocho años es recorrer la superficie azucarada, sentir la blandura de la masa y oprimirla un poco como si sus dedos fueran bocas y como si estuvieran besando a aquella otra rosquilla que las ayudó a nacer sesenta años más tarde que sus hermanos brazos, su hermano cuello, sus friolentas hermanas rodillas.

V

Los hermanos que tenían un millón de amigos

La primera vez que vimos la hazaña prodigiosa de los hermanos gemelos fue un jueves de una semana cualquiera. El maestro quiso coger un gis pero por accidente, volcó la caja completa. Los gises cayeron al suelo, se rompieron y los pedazos se extendieron por la tarima como diminutos ríos congelados.

—¡321! —dijeron los gemelos al mismo tiempo.

El maestro los miró ceñudamente.

—¿Qué?

—Son 321 —repitió uno de los gemelos.

Y el otro completó:

—Los gises.

El maestro enrojeció, resopló, pero terminó poniéndose en cuclillas.

—Uno, dos, tres… —fue contando cada vez que cogía un pedazo de gis y lo devolvía a la caja.

Cuando el maestro terminó, todos aguantamos la respiración.

—321 —repitió incrédulo, y luego agregó para sí—: no puede ser.

Así que sacó una caja de cerillos y la vació en su escritorio.

—¿Cuántos? —preguntó.

Los gemelos extendieron el cuello como tortugas para mirar el montón de cerillos, luego se contemplaron entre ellos y murmuraron juntos:

—173.

Y fueron 173 cerillos luego de los cinco minutos que el maestro demoró en contarlos.

Entonces, manoteó para acallar el espontáneo aplauso del grupo que se dio en ese momento.

—¿Cómo pueden contar tan rápido? —interrogó con el gesto duro, igual que cuando sorprendía a alguien cometiendo una falta.

—No contamos —respondió uno de ellos—, simplemente lo vemos.

Y sí, los hermanos gemelos percibían todo de un vistazo. Mientras nosotros percibíamos cosa por cosa, ellos veían en racimo, como los de las uvas. Así habían visto los gises, igual que un racimo de tubitos blancos; así habían visto los cerillos, como un racimo de cabecitas rojas que olían a fósforo.

Al día siguiente, apenas vieron entrar al maestro, los gemelos dijeron:

—Cien mil trescientos veintitrés.

—¿Qué? —musitó el maestro como el día anterior.

Y por más que buscó con los ojos en el suelo y en el escritorio, nada encontró.

—Cabello —dijo uno de los gemelos.

—Es su cabello —respondió el otro.

El maestro levantó la mirada, se tocó la cabeza y luego caminó hasta la pizarra. Lentamente, escribió los seis números en la parte superior.

100 323

Luego, todo ese día —lo hizo igual mientras nos daba la clase de historia, al regresar del recreo, a la hora de dictar la tarea— se volvió por sobre su hombro para mirar el número en el pizarrón.

100 323

100 323

100 323

Como si supiera lo que pasaría el lunes siguiente.

Y sí. Lo que pasó el lunes fue:

—Noventa y nueve mil novecientos veintiuno —murmuraron los gemelos como si dijeran "buenos días" cuando vieron llegar al maestro.

Y éste, sin decir nada, escribió la cifra debajo de la anterior:

100 323

99 921

Y luego restó.

La verdad es que se equivocó muchas veces hasta que llegó al número correcto con una palidez cadavérica en el rostro: cuatrocientos dos.

Y todos sabíamos lo que eso significaba: del viernes al lunes, su cabeza ya no tenía cuatrocientos dos cabellos.

Después el maestro empezó
a hacer divisiones mientras
murmuraba "viernes, sábado,
domingo", y comenzó a sacar
porcentajes y otras cosas que ni
siquiera nos había enseñado, y
para que no lo distrajéramos,
nos dejó hacer una numeración
de tres en tres hasta el cuatro mil
quinientos.

Al día siguiente, fue la primera
vez que usó la gorra verde, misma
que después nos acostumbraríamos
a encontrar invariablemente bien
encasquetada en su cabeza.

Esto sucedió cuando todavía se les creía a los gemelos. Pero después ellos comenzaron a hacer conteos de verdad increíbles.

Se paraban en un extremo del campo de futbol y decían:

—Un millón ochocientos veintiún mil seiscientos doce.

¿Y quién iba a agacharse y gatear por todo el campo comprobando que exactamente ésas eran las briznas de pasto que verdeaban el terreno?

En el comedor iban de mesa en mesa murmurando cifras también descomunales con sólo un vistazo a los granos de azúcar de cada uno de los azucareros.

Por esos días, los llamó el director para hablarles de un concurso de matemáticas a nivel nacional. Lo raro era que los gemelos no eran mejores que nosotros para realizar una simple suma. Ya lo habíamos comprobado en el salón y el maestro lo confirmó. Sin embargo, el director no acababa de convencerse, así que los mandó llamar a la dirección y les puso una prueba más o menos sencilla. Al parecer, resolvieron muy mal el examen, porque de allí en adelante el director los dejó en paz.

Pero en el colegio se rumoró otra versión. En ésta se decía que fue mientras intentaban resolver los ejercicios impuestos por el director, cuando los hermanos descubrieron que en la pared de la oficina había unas reproducciones puntillistas, esos cuadros que se pintan con puros puntos para ir creando figuras; pero no sólo eran los cuadros; que la alfombra era de lunares diminutos como hormigas; y que en el escritorio había una fotografía donde se extendía infinitamente un desierto, y también que había una enciclopedia abierta en la palabra "firmamento" y que ahí había una fotografía del cielo nocturno. Lo que dice el rumor es que ni siquiera resolvieron el examen. Que fue automático. Los hermanos gemelos comenzaron a pronunciar

cifras estratosféricas. Cifras para los
puntos del cuadro y para los lunares
de la alfombra y para los granos de
arena del desierto y para las estrellas
del cielo que mostraba la enciclopedia.
Y que el director no pudo más. Y
empezó a gritar "¡Basta!, ¡Basta!,
¡Basta!", y así fue como se terminó
aquel asunto del concurso nacional de
matemáticas.

El caso es que dejaron de creerle a
los gemelos.

—¡Mentira! —les gritaban cada vez que ellos veían un racimo de algo (un racimo de automóviles en la autopista, por ejemplo), porque siempre es más fácil negar lo que no entendemos.

A ellos no les importó y siguieron su comunicación numérica. Así hablaban entre ellos: uno decía el número de hormigas de un hormiguero y el otro le respondía con el número de hojas que tenía el roble de la escuela.

Cuando fue el bailable de la primavera, ellos se dedicaron a contar los pasos de los bailarines durante la exhibición.

Vivían en su mundo de números y allí eran felices.

El problema era cuando algo o alguien se acercaba a ellos, porque en ese preciso instante lo transformaban en cifras. O sea que todo lo que tocaban los ojos de los gemelos se volvía numérico, aunque ese alguien tuviera otras intenciones. Algo así como ser su amigo.

—Hola, yo me llamo Francisco —recuerdo que murmuré.

Y ellos respondieron como si yo fuera un juego de piezas y me estuvieran desarmando.

—Cinco palabras.

—Veintidós letras en total.

—De ellas, nueve son de su nombre.

—Mil ciento catorce cejas.

—Trescientos veintiséis pecas.

Era imposible comunicarse.

Y sin embargo, entre cifra y cifra, lograron mostrarme un poco de su mundo.

—Sólo vemos números.

—Son nuestra familia.

—Cuando reencontramos un
número conocido es como volver a
mirar a un viejo amigo.

321
12368390
16739998837976
25789997702898899899888
9189381083989893929279947297
9729961567881891999119101019 8
6653686388881887
6737
4

5793
98568754
4326894717893
654997467378
764993456
544

64716416416998681
3726481279070470804667816 1
6778389736864949846746881867
64127641648164816846846 94´3978´9848401´100902´10291209131028184
54765187648148746287194829 11929998498409´104´13´84848´14´41´17´841´988
2477138767264276766276317977287837219197373779171791729117728 99
0
4247337217980209842000294029 2´042495996939935278668168168 6186166167
523572   4684691911
7882   3984091

Yo los observé sin comprender.
—¿Conocido? —dije creyendo que
quizá no había escuchado bien.
—Sí, para nosotros los números no
son los signos que se escriben en el
pizarrón.
—Los números son cosas. Son reales.
Están en el mundo volando en forma de

abejas o saltando entre la maleza en forma de grillos.

—Siempre nos acordamos de la primera vez que nos topamos con un número.

—Cuando lo conocimos.

—Como si te miraras los dedos y supieras que allí fue la primera ocasión que viste el cinco.

—Todos los números aparecen una primera vez.

—Y es maravilloso porque sabes que acabas de encontrar un nuevo amigo.

Yo no supe qué decir.

Ellos me miraron, murmuraron una cifra, quizá la de todas las ideas revueltas que tenía en mi cabeza y se dieron la vuelta.

Ésa fue la única vez que hablé con ellos.

Desde entonces, los veía solos en el patio y los dejaba en paz. Los observaba como todos en la escuela, desde lejos y sin hablarles, pero yo era el único que sabía que su aparente aislamiento era eso, aparente. En realidad, ellos vivían rodeados de millones y billones de amigos que encontraban en los sitios más impensables: en los renglones de un cuaderno, en los botones de una camisa, en los cuadritos del saco de su papá, en la barba de alguien que no se rasuraba, en los agujeritos de un cedazo, en los pelillos que brotaban de una nariz.

Recuerdo que mientras yo los observaba a la distancia, recaía en una idea que se iba volviendo obsesiva.

—¿Será que exista un número con el cual nunca se hayan topado hasta ahora? ¡Un número que no conozcan en "persona"!, o sea que no hayan visto todavía ni en las plumas de un pájaro, ni en los granos de arroz de una paella, ni en las sombras de la hojarasca que las ramas de un árbol ponen a bailar en el suelo.

La respuesta no tardó en llegar. Aquella vez fuimos al museo.

El colegio rentó cinco autobuses para que no faltara un solo alumno a la visita. Era un museo de ciencia y tecnología, con muchos aparatos, con muchos fenómenos físicos que se activaban cada vez que alguien oprimía un botón; y seguramente con más efectos de los previstos, porque de buenas a primeras se provocó un incendio, se accionaron las alarmas y todos fuimos evacuados.

Yo creo que nuestro maestro tuvo una intuición. Se rascó la cabeza por encima de su gorra verde hasta que acabó por decidirse. Llamó a los gemelos, les ayudó a subirse al cofre de un autobús y de allí los llevó hasta el techo.

—¿Cuántos? —preguntó.

Los gemelos nos vieron desde el toldo amarillo. Desde allá arriba habremos parecido muñecos o algo semejante. Habrán visto sobre todo nuestras cabezas. O más bien

nuestras cabelleras de todos colores, negras, castañas, rubias, rojas, pero también rizadas, lacias, cortadas casi a rape, quebradas, algunas más brillantes que otras; todas moviéndose como un mar de cabello. Y aún así sólo nos miraron un instante, luego se vieron entre ellos y gritaron:

—¡Doscientos diecisiete!

Todos nos quedamos pasmados y sumidos en un silencio absoluto.

El maestro saltó del toldo al cofre y del cofre a la calle, y corrió hasta donde estaban los bomberos.

Mientras tanto, los gemelos se mantenían erguidos en el techo del autobús mostrando una sonrisa radiante que ninguno de nosotros conocía.

Creo que yo fui el único que sospechó y el único que supo después el porqué de esa sonrisa.

Los gemelos acababan de conocer un nuevo número. Nunca antes se habían topado en persona con el número 217, y ahora, nosotros, todos los alumnos de la escuela juntos, acabábamos de convertirnos en ese número que de allí en adelante sería su amigo. Todos seríamos para siempre su 217. Bueno, todos excepto ellos mismos que estaban en el toldo del camión y no se podían sumar al racimo de alumnos, y el niño de quinto grado que salió pálido del museo, flanqueado por un par de bomberos, porque se había quedado encerrado en una de las salas de la planta alta.

Después se acabó el año escolar y los gemelos no volvieron para el siguiente grado. Creo que se mudaron de país o de ciudad.

Ahora, cuando veo un número en el calendario o en un billete de lotería o en el encabezado de un periódico, suelo pensar si ese número no será para los gemelos la cantidad de nubes que alguna vez habrán visto desde la ventanilla de un avión o un cardumen de peces contemplado en alguna costa del Caribe o el número de sonrisas que seguirán recibiendo de vez en cuando ante alguna de sus hazañas.

Lo que sí puedo afirmar es que desde el incendio, yo los comprendí. Cuando encuentro la cifra 217 escrita en algún sitio...

217

siempre nos veo a nosotros mismos, a toda la escuela, en aquel día del museo.

Y cuando me topo con el número dos...

2

...cosa que sucede más a menudo, siempre los veo a ellos: los gemelos que tenían un millón de amigos. Y no puedo evitar saludarlos con mis cinco palabras de siempre, veintidós letras en total, nueve de ellas para mi propio nombre.

—Hola, yo me llamo Francisco.

VI

La niña que tenía
el mar adentro

Hubo una vez una niña que se caía
mucho. Era como si el suelo se
hubiera enamorado de ella y siempre
la jalara hacia sí.

```
Estaba d    d    d                        o
       e    e    e                  r  o
                                 p        o
       p    p    p         e              o
       i    i    i      d
       e    e    e   y
```

                    de pronto estaba
abajo, con la rodilla
raspada y lágrimas
en los ojos.

Buscábamos en el piso la grieta o la grava suelta que la había tirado, pero nos encontrábamos con un pavimento liso y limpio como espejo.

Un día, ella simplemente decidió no moverse más. Se sentó en el sillón que daba a la ventana y se convirtió en estatua.

Ella parecía desde afuera y desde adentro de la casa: una niña de piedra.

Lo que nadie entendía, ni afuera ni adentro, es que un día antes había estado en el parque, en una fiesta de cumpleaños, y que un tío estuvo mucho tiempo grabando las correrías y los pasatiempos de la familia con una cámara de video. En la noche, cuando volvieron a casa, encendieron el televisor y miraron la grabación.

Todos rieron menos ella.

Fue como si hubiera visto un fantasma.

Lo que en realidad vio fue el parque y los árboles y los pasamanos, pero todo quieto, fijo, como de piedra; y sólo entonces entendió que nadie más vivía en un suelo que se movía igual que el mar.

Todas las mañanas en la escuela, cuando los demás niños se formaban en el patio en posición de firmes como

```
s  s  s  s  s  s           e
o  o  o  o  o  o              l
l  l  l  l  l  l               l
d  d  d  d  d  d             a
a  a  a  a  a  a
d  d  d  d  d  d         s
o  o  o  o  o  o              u
s  s  s  s  s  s               f
                                r
                                  í
                                a,
```

ella hacía su mayor esfuerzo para no moverse en la fila. Tanto se forzaba por permanecer quieta que la frente se le llenaba de sudor. Cuando nadie la miraba, abría un poco las piernas y luego otro poco y otro poquito más para no caerse, pero era como si el suelo se le alejara y luego se le acercara, como

```
         i    h    a                        a
         n    a    d                        r
si se    c    c    e                   a    a    s,
         l    i    l              o    n    i    á
         i    a    a         g    e    i    c    r
         n         n    y    e    s    l    a    t
         a         t         u         c    h    a
         r         e    l         n
         a                        i
```

como si cabeceara igual que un caballo bronco

y diera terribles sacudidas.

Y entonces,

ella prefería sentarse

dentro de la formación y en medio del

patio, aunque sus compañeros

la miraran y la maestra la

regañara, porque

sólo así se calmaba

el suelo.

Hasta entonces, no había entendido por qué nadie más se sentaba. Cuando vio la grabación de la fiesta, lo descubrió. Todos estaban parados en *u n   s u e l o* que ella no conocía. Un suelo como un mar congelado, firme, igual que la mesa de madera donde ella comía, inmóvil y plano como una enorme tabla: un piso dormido. En la grabación vio que todas sus primas y sus tías estaban tranquilamente de pie, bebiendo chocolate y comiendo pastel, y sólo ella era incapaz de parar de moverse. Se veía a ella misma, en la pantalla del televisor, balanceándose de un pie a otro, oscilando igual que una campana. Así comprendió por qué a ella le resultaba tan arduo subir por la escalera de la resbaladilla y a sus primos no, ellos se encaramaban saltando los peldaños de dos en dos. Para ella, subir la escalera era como trepar por el mástil más alto de un barco que navegaba sobre un mar tempestuoso. Los barandales y los escalones no parecían de metal sino de soga trenzada, de soga viva como serpientes anudadas, y por eso ella tenía que fijarse muy bien dónde poner los pies y dónde poner las manos, para que no se le escapara el tubo y no metiera la zapatilla de charol entre dos peldaños de la escalera que de pronto parecían enormes bocas.

Comprendió también por qué en ocasiones no le era tan fácil acariciar a su perrito.

Su perro
estaba aquí

entonces ella
se acercaba

y de pronto su
perro estaba acá

su perro

su perro

su perro

su perro

yendo de aquí para allá como si fuera
el péndulo de un reloj, y ella se
cansaba de intentar acercársele,
se detenía
y entonces

su perrito

su perrito

su perrito

era el que, solo, se le
aproximaba
meneando el rabo y
le lamía las
rodillas de contento.

Por eso al día siguiente de la fiesta, se levantó de su cama, bajó por la escalera, caminó hasta el sillón, se sentó y ya no se movió.

Había descubierto que sólo ella vivía en ese mundo movedizo, que ella era la única habitante de ese reino, líquido como colchón de agua, donde cada paso le hacía perder el equilibrio, y se asustó porque se sintió…

sola

sola

sola

muy

muy

muy

sola.

Transcurrieron tres días así. Ella hablaba y comía y a veces sonreía con las bromas de su padre y con las cosquillas que le hacía su madre, pero cuando intentaban convencerla de que bajara del sillón, ella se quedaba seria, se volvía hacia la ventana y permanecía muda durante horas con la mirada fija en ese mundo que se desplegaba del otro lado del vidrio, ese mundo dócil y amable como un potro domado donde por alguna razón ella no había nacido.

Su casa se volvió como una sala de aeropuerto. Entraban y salían sus abuelos, sus vecinas, su maestra, sus amigas del colegio, sus primos. Nadie sabía por qué prefería permanecer quieta en el sillón, así que le hablaban de las maravillas de ponerse de pie y caminar. Cada quien le prometía algo.

—Verás que te gustará patinar.

—Vamos a llevar las bicicletas a la parte más alta y desde allí bajaremos como bólidos.

—Y trajeron una resbaladilla nueva y es de muchos colores y llega casi hasta el cielo y cuando te avientas, das vueltas y vueltas como si te deslizaras adentro de un caracol.

—Yo voy a enseñarte a bailar, hijita.

—¿No te gustaría formar parte del equipo de la escuela?

—Mi mamá me compró unas zapatillas de tacón. Tú también puedes tener unas.

—Si corres en la competencia, verás que ganas una medalla.

Ella los escuchaba, asentía amablemente, pero continuaba quieta en el sillón.

Al atardecer del tercer día, tocaron de nuevo la puerta. El papá fue a abrir. Sin embargo, en esta ocasión no se encontró a un tío, ni con un amigo de su hija, ni con una alumna de la escuela.

Era un anciano blanco quien estaba en la entrada de la casa. Blanco era su pelo, blancas sus cejas, blancos los

pelillos que le asomaban por las aletas
de la nariz, blancos los pocos dientes
que le quedaban en la boca, pero entre
todo ese blanco de su cara había algo
de otro color, de un rojo chillante
como el grito de una sandía, y era el
armazón de sus anteojos.

—Con su permiso —dijo y cruzó
frente al padre, quien permaneció
boquiabierto—. Buenas noches
—murmuró ya en la sala y se inclinó
ante la madre, quien también abrió
la boca pero no pudo articular
palabra.

—He llegado, ya no tienes de qué
preocuparte —le susurró a la niña
que continuaba rígida como una
estatua, y bajando aún más la voz le
dijo al oído—: yo sé que no quieres
bajarte de este sillón para no
despertar al suelo.

Entonces fue la niña quien abrió la
boca y ya no la cerró por muchos
minutos.

—Yo sé que por eso elegiste sentarte
ante la ventana y sé también que por

eso te gusta mirar la televisión. Así
puedes acercarte al mundo... sin
tocarlo con los pies, ¿no es cierto? Y
por lo mismo, te sientes feliz en una
alberca: es como si flotaras en el aire,
y entonces no tienes que preocuparte
por sufrir una caída.

El anciano se llevó una de sus
manos al rostro y se acarició una ceja.

—¿Sabes por qué lo sé? —le preguntó amistosamente, y sin darle oportunidad de responder, se quitó los anteojos rojos y comenzó a caminar por la sala.

La niña no lo podía creer. Se pasmÓ, se sorprendiÓ, se asombrÓ, su bOca se abriÓ más y más, pero por encima de su pasmo, de su sorpresa y de su asombro, se sintió menos sola.

El anciano se desplazaba por la sala como si estuviera borracho. Caminaba zigzagueando.

Un pie caía aquí

              y el otro tendría
           que apoyarse acá,

porque así caminan
casi todas las personas.

            Un pie aquí,
un pie acá,

       pero el anciano daba un

           paso aquí

   y el otro pie caía acá,

y su pie derecho
volvía a apoyarse

          y ahora el izquierdo,

y ahora el derecho,
            y el izquierdo,

   y el derecho,
     y *¡¡¡uf!!!*

Parecía una pelota; chocaba con los sillones, y con la mesita del centro, y una vez tuvo que sujetarse de la cortina para no caer.

—Cuando yo camino —comenzó a decir el anciano con voz jadeante y con un dejo de miedo—, es como si me subiera en dos zancos larguísimos… que de pronto se acortan… y luego se hacen gruesos como troncos de árbol… y luego angostos como palillos… nunca cesan de cambiar… varían en forma, en ángulo, en posición… ¡y a veces se doblan!

El anciano cayó en el sofá. Permaneció silencioso unos segundos, sostenido en los antebrazos se repuso del susto, y después se dirigió al padre.

—Ahora, jovencito, déme mis gafas.

El papá caminó vacilante hasta donde estaba su hija, tomó los extraños lentes rojos que habían quedado sobre un cojín y se los llevó al anciano.

—Gracias, jovencito —murmuró él
al recibirlos, y de inmediato
se los puso.

La mamá y el papá cerraron los ojos
cuando el anciano se levantó y se
dispuso a caminar de nuevo.

Pero esta vez
el anciano puso
un pie aquí

                                    y el otro acá

aquí el izquierdo

                              y aquí el
                              derecho

                  y
              atravesó
              la sala
                sin
              chocar
                con
              nada.

Llegó junto a la niña, le acarició el
cabello y, con su mano izquierda,
como si fuera a cubrirle los ojos,
midió el tamaño de su cabeza.

—Yo también tengo el mar adentro
—le murmuró al oído.

Al día siguiente, el anciano volvió. Esta vez, la mamá le ofreció un té y el papá, un puro. El anciano llevaba un estuche entre las manos y se sentó junto a la niña. Los papás cogieron un par de sillas del comedor y también fueron a sentarse ante la ventana.

—Siempre se dice que tenemos cinco sentidos —comenzó a decirle el anciano a la niña y le tocó los ojos y le tocó la nariz y le tocó la boca y le tocó las manos y le tocó la oreja.

Dio un sorbo al té y volvió a dejar la taza en la mesita.

—Pero hay más. Existen otros sentidos que son automáticos. Igual que cuando la lavadora deja de lavar y comienza a exprimir sola, sin que alguien se lo diga. Uno de esos sentidos es el que se pone a funcionar cuando bajamos del carrusel o de las tazas giratorias o cualquiera de esos juegos mecánicos que nos ponen a dar vueltas como rehiletes.

Descendemos y al principio todo continúa girando y girando.

Y el anciano comenzó a dibujar círculos con su propia mano; primero muy rápido y luego cada vez más lento hasta que su mano se quedó estática en el aire.

—Lo que nos permite que el mundo se detenga de nuevo, después de haberlo puesto a girar, es un sentido que llamamos "del equilibrio".

De pronto, empezó otra vez a darle vueltas a su mano.

—Pero, ¿qué pasa? —murmuró—, ¿qué pasa cuando ese sentido se queda ciego o sordo?

El anciano se tocó la cabeza y luego le tocó la cabeza a la niña de piedra.

—Eso nos sucede a ti y a mí.

Luego cogió el estuche que tenía sobre las piernas.

—Por eso tenemos que ayudarle.

Abrió el estuche y los anteojos que sacó de allí no eran rojos ni grandes. Eran unos lentes de armazón rosa, pequeños, pero había algo extraño en su forma.

Antes de que pudiera mirarlos bien, el anciano se los puso a la niña.

—¿Me permites? —dijo él a destiempo—. Espero habértelos hecho bien.

La niña cerró los ojos y después los fue abriendo con lentitud.

Lo primero que vio fue el rostro expectante de sus padres y luego la lámpara que pendía del techo y luego a su perrito meneando el rabo... pero los vio igual, como siempre, sin que hubiera ocurrido un mínimo cambio, hasta que descubrió la soga que antes no estaba y ahora se extendía rígida de pared a pared en el comedor.

—¿Lo ves? —preguntó el anciano.

Y cuando ella se volvió para mirarlo, casi pegó un brinco.

¡La soga se había venido con ella! Ahora estaba en la frente del anciano, y parecía una profunda arruga rosada. Con sus papás ya no parecía soga, ni arruga, estaba sobre sus cabezas como el tubo horizontal de una antena de televisión. A donde mirara, allí estaba,

siguiéndola, la línea recta y rosa
como… como… como…

—Como un renglón —murmuró
el anciano, cual si hubiera adivinado
su pensamiento—.

Cuando escribes en una hoja blanca
es muy difícil mantener la letra derecha,
pero si te ayudas con un renglón
entonces las palabras aparecen bien
derechitas en el papel.

La niña no lo había escuchado bien,
porque estaba pensando que la soga
y la arruga y el tubo horizontal de la
antena sí tenían algo en común.

—¡Son rosas! —casi gritó.

Se quitó los anteojos y por primera
vez notó lo que hacía extrañísimos a
esos lentes.

De la montura de los anteojos salía
un soporte, como un minúsculo
trampolín igual al de las albercas,
y al final, atravesado, como la línea
donde se juntan el cielo y el mar
de las playas, brotaba un alfiler

largo y recto de un chillante
color rosa.

—Es lo que ves.

El anciano cogió los anteojos de
manos de la niña y se los colocó de
nuevo.

—Ahora estás lista para despertar al
suelo.

La niña lo miró con ojos redondos
de miedo.

—Anda, amiga mía, lo mejor que
nos podrían decir es que si somos el
mar, también podemos ser el barco. Y
yo te lo digo: es hora de que aprendas
a navegar.

La niña dudó unos instantes.
Cuando extendió la pierna, dejó
de ser una estatua; pero apenas
puso la punta del pie en la alfombra,
titubeó.

—Te prometo que no te caerás —le
susurró el anciano.

Era como si el piso respirara, lo intentó de nuevo
subía y bajaba como una panza enorme.

Luego se sacudía y

se sacudía como si se

hubiera llenado
de pulgas.

De pronto,
        parecía un suelo

            de goma.

Cuando la niña

        daba un paso,

            el piso se hundía

            y se hundía

                y se hundía más…

y de pronto pegaba un brinco como un gato.

Nadie hubiera podido mantenerse en pie sobre un suelo así, sin embargo la niña no caía. Al principio había trastabillado un par de veces, también había oscilado y estuvo a punto de irse de bruces, porque sintió que el suelo se le echó encima como una ola, pero ahora se mecía apenas. Llegó hasta la mesa del comedor y cuando dio la vuelta, todos, su mamá, su papá y el anciano pudieron verle la sonrisa, brillándole como un sol en medio de la cara.

—¡Soy un barco!, ¡soy un barco!

La niña estaba aprendiendo a controlar la tormenta con una simple mirada a la línea horizontal de color rosado que los anteojos fijaban por encima de todas las cosas. Cuando la línea se inclinaba un poco, ella la volvía a poner derecha con un leve movimiento de sus piernas; se movía como un timonel en un barco,

examinando constantemente la
bitácora, y así fue atravesando el
oleaje agitado del suelo hasta llegar a
los brazos de su madre.

N	m	v	a	s	e	l	f	d	l	e
u	á	o		e	n	a	o	e	a	s
n	s	l		n			r			c
c		v		t			m			u
a		i		a			a			e
		ó		r			c			l
				s			i			a
				e			ó			
							n			

y

cuando

así lo

quiso,

pudo

acariciar

a su

perrito,

que

siempre

la esperaba

con la

lengua lista

para lamerle

las rodillas.

Dejó de ser una estatua, y como que el suelo se desenamoró un poquito de ella, porque ya casi nunca la jaló para llenarla de besos con sus labios de grietas y grava.

Lo más importante, sin embargo, es que dejó de sentirse sola...

Porque a veces su mamá se mecía igual que ella antes, y su papá y sus amigas y su maestra y su perrito y también el anciano de cejas blancas y pelo blanco y vellos blancos en el pecho, porque él también se quitó la ropa y sus lentes rojos y accedió a meterse con todos al océano donde la niña que fue estatua recordaba el tiempo en que ella fue todos los mares y ninguno solo de los barcos.

Fin

Índice

En la serie **espejo de urania** de tu biblioteca escolar encontrarás:

Álbum de familia
Antología poética 1923-1977
Biblioteca juvenil ilustrada (86 vols.)
Campamento biofilia. La biodiversidad
Bodas de sangre. Federico García Lorca y su obra
Cuentos de las 1001 noches
El buscapleitos
Crónica de una muerte anunciada
Drácula
El barón rampante
Canasta de cuentos mexicanos
El lazarillo de Tormes
Romeo y Julieta
El lunático y su hermana libertad
La isla del tesoro
Poesía popular mexicana
La metamorfosis y otros cuentos
Poemas de Castilla
La niña del canal
Nuestra raíz
Los días enmascarados
Pedro Páramo
Las aventuras de los jóvenes dioses
Saludo al mundo y otros poemas

En la serie **cometas convidados** de tu biblioteca escolar encontrarás:

- *Biografía del poder (2 tomos)*
- *Casas*
- *Cielo*
- *Flores*
- *Lecturas clásicas para niños (2 tomos)*
- *Naturaleza*
- *Peces*

En la serie **al sol solito** de tu biblioteca escolar encontrarás:

Impreso en los talleres de
Compañía Editorial Ultra, S.A. de C.V.
Centeno 162, local 2, Col. Granjas Esmeralda,
C.P. 09810, México, D.F.
Junio de 2005